LES TRAVAUX

DE NAPOLÉON;

EMPEREUR DES FRANÇAIS ET ROI D'ITALIE.,

~~~~~~~~~~~~~~~~~~~~~~~~~~~

ODE.

~~~~~~~~~~~~~~~~~~~~~~~~~~~

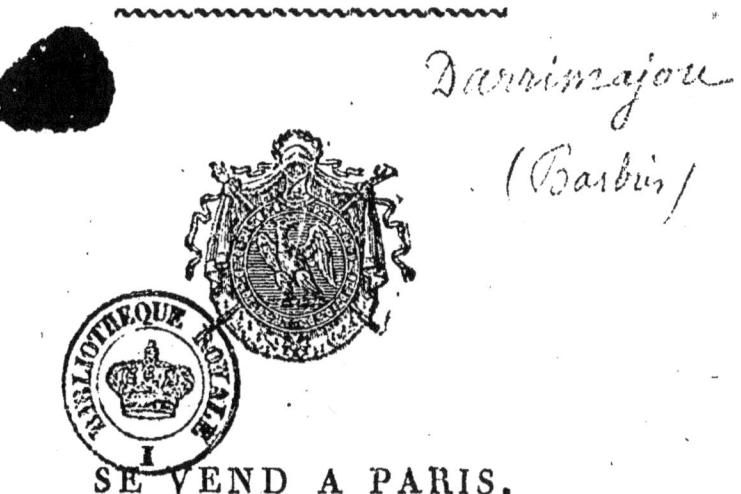

SE VEND A PARIS,

CHEZ OGIER, IMPRIMEUR DE L'ACADÉMIE DE MÉDECINE
Rue St.-Louis-St.-Honoré, n°. 6, près les Tuileries.

————————

AN 1806.

LES TRAVAUX
DE NAPOLÉON,
EMPEREUR DES FRANÇAIS ET ROI D'ITALIE.

ODE.

Facit admiratio versum.

J'ENTENDS demander un Homère,
Pour célébrer NAPOLÉON !
Je m'élance dans la carrière,
Guidé par l'admiration ;
Son feu me pénètre et m'inspire :
Soutenu par ce beau délire,
Je prouverai que les héros
Peuvent, par leurs faits magnanimes,
Produire des âmes sublimes,
Dignes de chanter leurs travaux.

Quel spectre à mes yeux se présente?
C'est la reine des nations:
La France en lambeaux, gémissante
Sous le joug des proscriptions ;
De vrais amis de la sagesse
Essayaient, dans leur sainte ivresse,
De ramener le siècle d'or :
Des monstres, fils des Euménides,
Ont, par leurs fureurs homicides,
Changé leurs lois en lois de m

Encouragé par l'anarchie,
Soudoyé par le léopard,
Le Russe à l'Allemand s'allie,
Ils ont pénétré jusqu'au Var;
Le Rhin est en proie aux allarmes,
Le vainqueur a porté ses armes
Jusques au pied de nos remparts;
A des chefs ignorans livrées,
Nos légions désespérées
Ont succombé de toutes parts.

Ce n'est pas trop de ta puissance ;
Grand dieu ! pour sauver les Français :
Ne sois plus un dieu de clémence,
Arme-toi contre les forfaits !
Frappe..... un astre du Nil s'élance,
Il guide un vaisseau vers la France :
Oh ! si sensible à nos malheurs,
Le ciel sur ce vaisseau rapide
Envoyait un nouvel Alcide,
Pour écrâser nos oppresseurs !

Les vents le portent au rivage,
Il aborde au port des Césars :
Un guerrier saute sur la plage....
C'est l'invincible fils de Mars !
France, renais à l'allégresse !
Sans doute instruit de ta détresse,
Il suspend les projets hardis
Qu'avait enfantés son génie,
Pour rendre aux Beaux-Arts leur patrie,
Et vient délivrer son pays.

Bientôt tout ressent l'influence
De son retour inattendu :
La vertu bénit sa présence,
Le crime reste confondu.
Pour remplir l'objet qui l'amène,
Le héros vole vers la Scine
Où tous les maux sont entassés ;
Guidé par le dieu qui l'éclaire,
Il s'enfonce dans leur repaire.....
Et les tyrans sont dispersés.

Tel, quand de leurs grottes profondes
Les fils d'Éole déchaînés
Ont troublé les airs et les ondes,
Et que les marins consternés
Battus, submergés par l'orage,
Tâchent de gagner le rivage
Sur les débris de leurs vaisseaux,
Neptune, au fort de la tempête,
Sur les mers élevant sa tête,
D'un regard appaise les flots.

A son libérateur, la France
Sortant de la nuit des tombeaux,
De la souveraine puissance
D'une voix remet les faisceaux.
Bientôt ce fils de la victoire
A de nouveaux genres de gloire
Acquiert des titres immortels :
Il ramène la politique,
L'ordre et la morale publique
Vers les principes éternels.

Tout est créé par son génie :
Il combine tous les rapports
Avec une telle harmonie,
Que sans secousses, sans efforts
Les fautes seront réparées,
Les sources du bien préparées,
Et que, semblable au créateur,
Toujours l'âme de son ouvrage,
Sa main du plus faible rouage
Sera sans cesse le moteur.

J'ai trop tenté ! je perds haleine ;
Je ne puis suivre mon héros !
Tandis qu'aux rives de la Seine
Chaque jour ses décrets nouveaux
Rappèlent la vertu flétrie,
Et font renaître l'industrie,
Le goût, les sciences, les arts,
Au-delà des Alpes glacées
Par nos bataillons traversées,
Il précède ses étendards.

Tel, aux régions du tonnerre
L'aigle cherchant ses ennemis,
Surveille le point de la terre
Où ses aiglons sont réunis.
Tremblez, ennemis de la France !
BONAPARTE vers vous s'avance,
Il ne s'arma jamais en vain :
Et votre succès éphémère,
Surpris à la vertu guerrière,
Sera renversé par sa main.

En voyant les champs de sa gloire
Soumis au joug de l'étranger,
Il frémit, combat..... la victoire
Sous ses drapeaux vient se ranger.
Les cohortes coalisées
Par nos légions écrasées
Portent leur honte loin du Pô,
Et les lauriers de l'Italie,
Arrachés par leur ligue impie,
Sont replantés à Marengo.

Des peuples du Tibre à l'Adige
Un jour a fixé le destin ;
La nouvelle de ce prodige
Parvient bientôt jusques au Rhin :
Brûlant d'imiter cet exemple,
Et du héros qui les contemple
Observant les plans combinés,
Nos braves, forts par son génie,
Aux confins de la Germanie,
Poussent les Russes étonnés.

Si, profitant de sa victoire,
Le conquérant moins généreux
Eût été jaloux de la gloire
De régir des peuples nombreux,
Toutes les provinces conquises
A ses lois librement soumises
Auraient accru le sol français :
Mais bornant tous ses avantages
A se placer au rang des sages,
Il les rend, et donne la paix.

Ainsi cette France avilie,
Dont se disputaient les lambeaux
La perversité, la folie,
Par la présence d'un héros
Recouvrant sa force première,
Seule contre l'Europe entière,
Brave ses efforts réunis,
Dissipe la ligue impuissante,
Et devient, par-tout triomphante,
L'arbitre de ses ennemis.

Si les faits du tems héroïque
Par de tels faits sont effacés,
Par la gratitude publique
Nos aïeux seront surpassés.
L'allégresse nationale
Par une pompe triomphale,
Reçoit le Pacificateur,
Et des Français le vœu suprême,
Ceignant son front du diadème,
Le proclame notre Empereur.

Jouissons de nos destinées;
Sans craindre le retour des maux:
Napoléon de ses journées
Est comptable à notre repos;
Il n'en perdra jamais aucune,
Et la félicité commune
Etant sa seule ambition,
Sa vie en merveilles féconde
Jusqu'aux extrémités du monde
Forcera l'admiration.

Déjà l'Europe nous l'envie

Et voudrait vivre sous ses lois ;

Mais les peuples de l'Italie ,

Par sa valeur sauvés deux fois ,

Jouiront seuls de l'avantage

D'être admis à ce beau partage

Avec la grande Nation ,

Et la Hollande , l'Helvétie

Devront la fin de l'anarchie

A sa noble protection.

La paix pour les Rois de la terre

Fut toujours un tems de repos :

NAPOLEON , après la guerre ,

S'occupe d'utiles travaux ;

Les montagnes sont applanies ,

Des deux mers les eaux réunies

Vont, par mille canaux divers ,

Echanger dans notre patrie

Les produits de son industrie

Contre tous ceux de l'univers.

Thémis même errait incertaine
Dans le dédale de nos lois :
Dans son code chacun sans peine
Lira ses devoirs et ses droits.
La dernière main sera mise
Au Louvre, sublime entreprise
Que n'ont pu terminer nos Rois ;
Des monumens de toute espèce
Rendront son goût et sa sagesse
Immortels comme ses exploits.

Mais du sein d'une paix profonde
Quel cri vient de frapper les airs !
L'ennemi du repos du monde,
Le superbe tyran des mers,
Au mépris de la foi jurée,
Avant la guerre déclarée,
Sur nos vaisseaux lance la mort,
Et nos nautonniers sans défense,
Des traités ayant l'assurance,
Sont assassinés sur leur bord !

En vain par les mers protégée,
Tu comptes sur l'impunité,
Albion ! ta chûte est jugée,
Nécessaire, à l'humanité ;
Chargé de venger, ses outrages,
NAPOLÉON sur les rivages
A déja porté son regard,
Et les compagnons de sa gloire,
Pour soumettre ton territoire,
Attendent l'ordre du départ.

>✻<

O forfait ! dans la perfidie
Vienne et Pétersbourg engagés
Ont vendu leur foi, leur Patrie !
Et des Bavarois égorgés
Le sang vient apprendre à la France
Qu'une monstrueuse alliance
Menace encor sa liberté ;
Et que désormais sa puissance
Peut seule de son existence
Lui garantir la sûreté.

Ainsi, par l'or de la Tamise,
Sur le Danube et la Néva,
L'homme est devenu marchandise !
Et son sang encor coulera,
Pour seconder la politique
De ce cabinet tyrannique,
Qui va porter dans l'orient
La guerre, la mort, les ruines,
Et du produit de ses rapines
Vient acheter le continent !

NAPOLEON, dans sa clémence,
Perfides ! vous donna la paix :
Vous osez braver sa puissance,
Vous en ressentirez les traits !
Et si votre aveugle imprudence
A cru tromper sa prévoyance,
Déjà votre espoir est déçu !
Rapide comme la pensée,
Vers la frontière menacée
Il vole, arrive, il a vaincu.

Tout ennemi mord la poussière;
On rend les armes aux vainqueurs;
Bade, Wirtemberg, la Bavière
Sont délivrés des oppresseurs;
Les deux Autriches jusqu'à Vienne
Devant le héros de la Seine
Ont vu s'écrouler leurs remparts,
Et de son sang la Moscovie
A dans les champs de Moravie
Scellé la hon. des Césars.

⁂

Ce que nous prenons pour des fables
Peut donc être la vérité !
L'auteur de ces f.   mémorables
Sera pour la postérité
Un des héros imaginaires
Que, dans leurs rêves salutaires,
Enfantent les chantres divins,
Pour laisser au moins un modèle
A ceux que le destin appèle
Au soin de régir les humains.

Comment le burin de l'histoire
Pourra-t-il à nos descendans
Transmettre ces trois mois de gloire,
Dont les jours sont plus que des ans ?
Comment sur-tout leur faire croire
Qu'un mortel à qui la victoire
Soumit un injuste agresseur,
N'usa de son droit de conquête,
Que pour replacer sur sa tête
Le juste prix de sa valeur ?

L'Allemagne, deux fois conquise
Lui devra donc deux fois la paix ;
Deux fois la Russie est soumise
Par ses armes, par ses bienfaits.
Puissent, ces deux leçons utiles
Des suggestions mercantiles
Pour leur bonheur, les garantir !
Puisse la France généreuse
De sa conduite glorieuse
N'avoir pas à se repentir !

Que dis-je? désormais contr'elle
Tous les efforts deviendraient vains;
Du monde à sa grandeur nouvelle
Je vois se lier les destins.
Par les effets d'un grand systême;
Conçu par la sagesse même,
Nous verrons s'établir enfin
Ce plan de paix perpétuelle,
Rêvé par une âme immortelle,
Et détruit par un assassin.

Déjà sur des bases nouvelles
Les Allemands organisés,
Entre nos alliés fidèles
Voient leurs Etats mieux divisés.
Clèves, Neufchâtel, les Bataves
D'être gouvernés par nos braves
Obtiennent l'insigne faveur;
Naples soumise, l'Ausonie
Sous les mêmes lois réunie
Reprend son antique splendeur.

A son pavillon l'Angleterre
Des deux mers voit fermer les ports ;
Et souffre seule d'une guerre
Qu'elle alluma par ses trésors;
Les fers préparés pour la France,
En augmentant notre puissance,
Viennent meurtrir ses propres mains,
Puisse son Cabinet plus sage
Ne pas oublier que Carthage
Tomba sous les coups des Romains !

Semblable au dieu dont la lumière
Mesure les nuits et les jours,
NAPOLEON suit sa carrière,
Invariable dans son cours.
Le monde entier par mille obstacles
Voudrait arrêter les miracles
Que son règne doit nous offrir :
Il remplira ses destinées,
Et les nations fortunées
De ses bienfaits doivent jouir.

Par lui recommence l'Histoire :
Le tems ne doit être compté
Que des époques où la gloire
Rend à l'homme sa dignité.
Grand, sage comme la nature,
Il détruira toute imposture ;
Prince et Pontife en même tems,
Des lois, des vertus sociales
Dans les sources patriarchales
Il puisera les élémens.

※

Ombres immortelles des Sages
Que regrette l'humanité,
NAPOLÉON de vos ouvrages
Démontrera la vérité !
De ces beaux jours je vois l'aurore
Puissé-je respirer encore,
Lorsqu'ils luiront sur l'univers !
Alors je reprendrai ma lire :
Dignes de celui qui m'inspire
Jamais on n'oubliera mes vers.

Par un Employé au Trésor.